Motel Shangri-La

Text und Zeichnungen: James Turek

ISBN: 978-3-945034–53-8

© James Turek & avant-verlag 2016

Redaktion: Matthias Wendrich und Benjamin Mildner
Korrektur: Mona Schütze
Lettering: James Turek
Produktion: Tinet Elmgren
Herausgeber: Johann Ulrich

avant-verlag | Weichselplatz 3-4 | 12045 Berlin
info@avant-verlag.de

Mehr Informationen finden Sie online:
www.avant-verlag.de
facebook.com/avant-verlag

FÜHRERSCHEIN UND FAHRZEUG-PAPIERE, BITTE.

SIE MÜSSEN DER NEUE SHERIFF SEIN.

JEP, DER BIN ICH.

ICH FÜHLE MICH GLEICH BESCHÜTZT.

BILLI'S GARAGE

AUTO REPAIR & SALVAGE

MO-FRI 8:00-8:00
SAM 8:00-1:00

211160
FAX:
721-3331160

ICH BIN BILLI.

OH HALLO, WIE HEISST DU?

ELIJA.

WAS ZEICHNEN SIE DA?

DIESE BERGE DA.

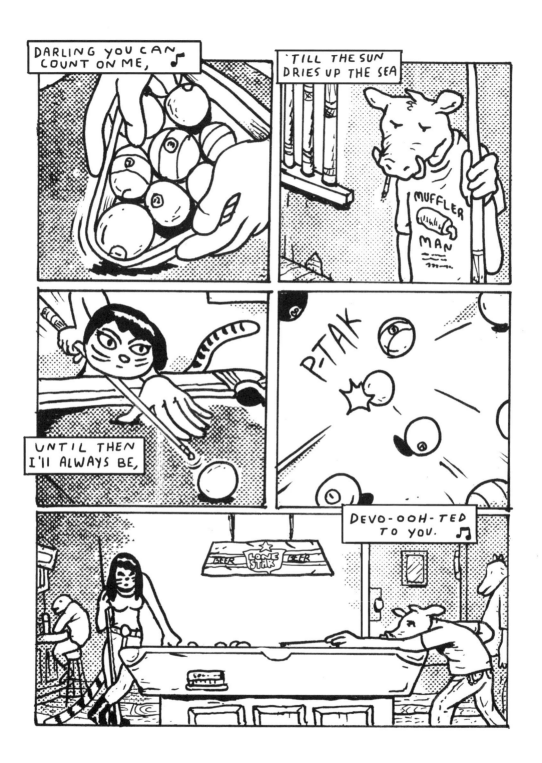

40

CHOK!

48

51

SIEHT SO AUS, ALS MÜSSTEN WIR MIT NOCH EIN PAAR MEHR STREUNERN RECHNEN.

PÜNKTLICH ZUR ESSENSZEIT, KLAR.

SIND WIR NICHT EIN LAND DER STREUNER, EINE RASSE DER VERLORENEN SÖHNE? IN DEN AUGEN UNSERES SCHÖPFERS - SIND WIR NICHT ALLE GESTRANDETE ZWISCHEN DIESER UND DER NÄCHSTEN WELT?

WIR SIND WANDERER IN UNSERER EIGENEN WÜSTE, DIE SICH NACH GLÜCKLICHEN ZEITEN SEHNEN, UM ZU DEM ORT ZURÜCKZUKEHREN, DEN WIR ALLE 'ZUHAUSE' NENNEN.

MANCHMAL TÄTEN WIR GUT DARAN, ZUFRIEDEN UND DANKBAR AN EINEM BAR-B-Q MIT FREMDEN AM STRASSENRAND TEILZUNEHMEN.

UND SOLANGE WIR DIR FREMD SIND, MÜSSEN WIR UNS FRAGEN: WAS VERBIRGT SICH HINTER DEN GESICHTERN, DIE VOR UNS STEHEN? IST UNTER IHNEN...

EIN MÖRDER?

EIN SCHARLATAN?

EIN DIEB?

EIN SCHWINDLER?

ODER KÖNNEN WIR UNSERE DIFFERENZEN ÜBERWINDEN UND UNS AN DER WERTVOLLEN WENIGEN ZEIT, DIE WIR TEILEN, ERFREUEN?

PROBIER DEN STEAKBURGER, JUNGE. DER IST DER HAMMER.

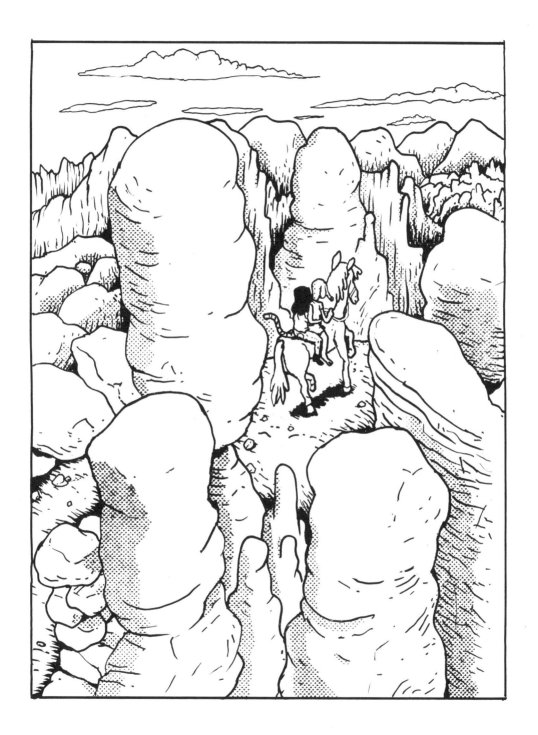

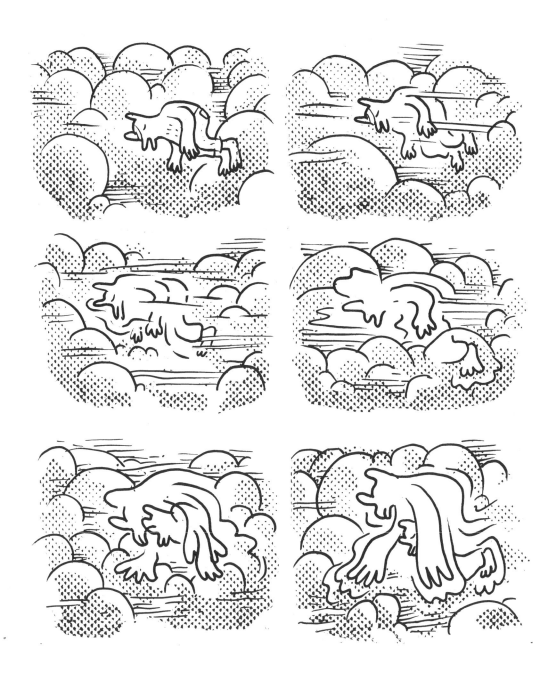

84

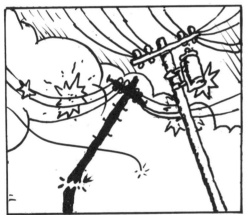

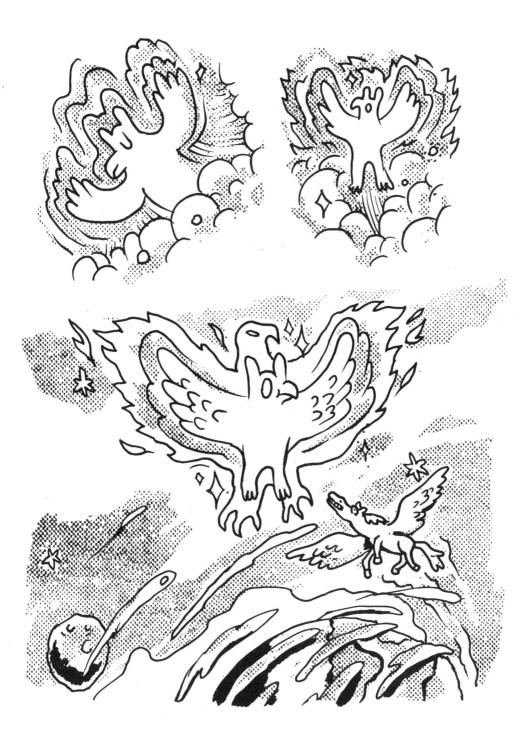

ICH MACH NUR SPASS. DU KANNST JEDERZEIT GEHEN.

WEISST DU...DU HAST MIR MEINEN ARSCH DA DRAUSSEN GERETTET.

ICH WÄRE TOT. VERBLUTET, VON DEN KOJOTEN GEFRESSEN ODER LEBENDIG VOM SANDSTURM BEGRABEN WORDEN.

DU UND DEIN PFERD SEID MITTEN IN DER WÜSTE ÜBER MICH GESTOLPERT. DAS IST UNGLAUBLICH.

ICH BIN EINFACH DEINEM RAUCHSIGNAL GEFOLGT.

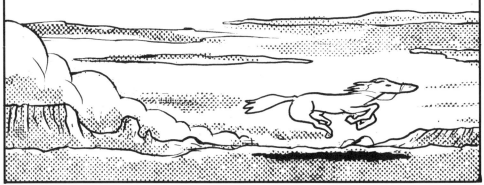

OH, MANN! DAS MIEFT HIER DRIN!

IHR KAKERLAKEN WÜRDET SOGAR EINE ATOMBOMBE ÜBERLEBEN!

BILLI!

DU LEBST!

ICH WILL, DASS IHR HIER AUFRÄUMT UND DEN SAND RAUSFEGT!

UND ZWAR ZACK, ZACK!!

WAS IST MIT DER POLIZEI? SUCHEN DIE DICH NICHT?

ACH WAS. DER STURM HAT MEINE SPUREN VERWISCHT. DIE HABEN NICHTS GEGEN MICH IN DER HAND, SOWEIT ICH WEISS.

DIE IST ZWAR NOCH NICHT FERTIG, ABER FÜR DIE STRASSE TAUGT SIE.

PASS GUT AUF SIE AUF.

DANKE, ABER...

...ICH WEISS NICHT, WIE MAN EIN MOTORRAD FÄHRT.

OH.

O.K.

ÄHH...

DAS IST EIN TRABANT. DER IST LAUT, UNBEQUEM UND HAT NULL STAURAUM. ABER ER HÄLT EWIG.

DER IST PERFEKT!

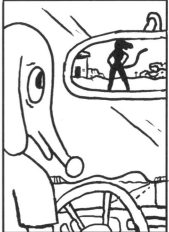

♪ PUT ON YOUR SLIPPERS AND SIT BY THE FIRE

YOU'VE REACHED YOUR TOP

AND YOU JUST CAN'T GET ANY HIGHER ♪

MANY, MANY THANKS
GO TO: A. HAIFISCH, K. FABIAN, & FAMILY
WHO WERE VITAL TO THE CREATION OF THIS BOOK.
ALSO TO: J. ULRICH, A. PLATTHAUS, MONA, MATTI,
AVANT CREW, TMC LEIPZIG, & TINY MASTERS
MORE FROM JAMES TUREK AT:
WWW.SHUTTLEBASE.TUMBLR.COM

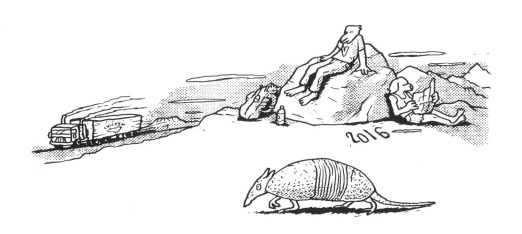